バスラーの白い空から

佐野英二郎

Eijiro Sano

青土社

バスラーの白い空から　目次

I

II

バスラーの白い空から

I

わがセバスチャン

セバスチャンの本名は、ヨハン・セバスチャン・セントフランシスである。私が大切に育てているダックスフント種の黒の牡犬であるが、今年の春でもう十三歳になった。

彼を飼い始めた当時、私どもは米国のニュージャージー州で暮らしていたのだが、生まれて間もない彼をヴァージニア州の空港まで引取りに行った時のことを、私はまだはっきり覚えている。

あれほど愛らしい生き物を、私はまだあまり見たことがない。生後四週間の彼は、ひとの掌にそのまま乗ってしまうほどの大きさでしかなかったが、成犬とまったく同じ色とかたちをしているのであった。黒のビロードで作った縫いぐるみの小さな犬が、君の膝の上で突然目を開けて少しずつ動き始めたら君はどうするか。

その空港に朝一番の便で到着し、午後おそくまで帰りの飛行機を待たなければならなかった私は、この小さな宝ものを両手の掌で包むようにして膝に抱えながら、空港ロビーのソファーに座り続けていたのだが、たくさんの人々が通りすがりに彼を撫でたり、あるいは私がそこに座り続けているわけを尋ねたりした。そうであろう。遠いヴァージニアの空港で、東洋人が黒い仔犬を抱いて座っているさまは、さだめし奇妙な情景だったであろう。

空港の大きなガラス越しに目にうつるのは、広大な雑木林の中に点々と咲き出した北米の早春の花、はなみずきの白いむらがりであった。長時間抱えられてすっかり温まってしまった仔犬を抱きあげた通りすがりの娘さんが、「オ、　ディス　イズ　ホット　ドッグ！」と高い笑い声をあげた。

その頃私どもの米国での生活は六年目にさし掛かろうとしていた。犬を飼い始めたのは妻のたっての望みによるものであった。私どもはそれまでにも二回ほど犬を飼ったことがあるのだが、転勤のたびごとに別れなければならないかなしさを繰返したくなかったので、もう二度と飼うまいと決めていた。しかしその頃から私は妻に対してやさしい気持をとり戻すようになっていたのであろう。

どうせ飼うならば良い犬をと思い立って、由緒ある犬の協会に相談したりした結果、ヴァージニアのデービスさんというこの種の犬の専門家が飼っている純血種の牝犬に、妻が望んだ黒短毛の仔犬が生まれたことを知った。

このようにして私は仔犬をヴァージニアからニュージャージーの私の家まで連れてきた。

名前を何とするか。当夜、仔犬の血統書を見ていた私の息子が驚きの声をあげた。

「バッハと同じ誕生日だ」

仔犬の名前は即座に決まった。そしてデービスさんの条件、すなわち彼の犬舎の名を仔犬に冠する条件に応じて、この小さなやわらかな生きものは、ヨハン・セバスチャン・セントフランシスという堂々たる名を名乗ることになったのである。

その夜も更けて、妻も息子も寝静まったあと、セバスチャンを膝で眠らせながら私は次のような意味のことを日記に書いたことを、今でも忘れることが出来ないでいる。私は書いた。

「いま安心して眠っている此の小さな犬は今日からわれわれ三人の愛を一身に受けるであろう。そしてこれからわが家に起る様々な出来事を見るであろう」

私はあの夜、何かの異変を予感していたのであろうか。

はなみずきは私の家の庭でも満開であった。そして日本のれんぎょうに似た低木も小さな黄色い花を盛んに咲かせていた。それらの花の下の芝生で、週末の午後、セバスチャンを遊ばせている妻と息子とを、私はいつまでも眺めた。

しばらくしてからの或る夜、セバスチャンを抱いていた私は、奇妙なことに気がついた。彼の胸のあたりの黒い毛の中に、白い毛が十文字を描きながらうっすらとうかび上っているのだ。私は何か凶兆のようなものを感じた。この黒地に白の十文字は、わが家に不吉をもたらすのではないか。

だが、北米の豊かな春は、そして忙しい毎日の仕事はこのような些細な懸念を直ぐ忘れさせた。本当におそろしい気持で私がこの夜の予感を思い起こしたのは、それから何年も経ってからのことだ。

セバスチャンは健やかに育っていった。彼は人々と一緒にいることを何よりも好んだが、一方、気持のしっかりした賢い犬であった。彼は私の家での最初の夜でも淋しがって泣いたりしなかった。私の寝床の下にしつらえた彼の小さな寝床で小さくかたまって眠った。その後散歩に連れ出すようになって、道路でどんな大きな犬に出会っても、彼はおびえて吠え立てたりするようなことはなかった。

彼は何か気に入らない時には、鼻をフンと鳴らすのであった。また、自分のことを話されているのを聞くことが極度に嫌いであった。そんな時、彼がフンといって不快を表明しても、それを無視して彼についての話を続けたりする時には、必ず大きな生《なま》あくびをするのであった。不思議なことには、私が何か仕事の上での不愉快なことを思い出して、「あの男は殺してやりたい」などと心の中でひそかに叫んだりしようか。彼はこそこそと隣の部屋に逃げ込んで行くのであった。

しかしながら、やはり一番の特色はお互いに対立した時の彼の態度であろう。それはこういうことだ。彼が何かの失敗でもして私がはげしく彼を叱責したとしようか。彼は難を避けるために長椅子の下にでももぐり込むであろう。小さくなってふるえている彼を、みずからの怒りに昂奮してしまった私が、ステッキで突こうとしようか。彼は突如として太古のあの黒い森の獣性をとり戻し、首筋の毛を一面に逆立てる。そしておそろしいけだものの唸り声と共にステッキの先端を咬みくだくのである。『コンプリート・ドッグ・ブック』という、厚手の解説書には次のように記載されている。

「ダッキーは真に愛らしいが、他犬種と大いに異なり自我を持っている。頑固者《スタボーン》である。幼児のいる家庭では非常に危険な場合がある」

さて、怒りから覚めた私が大いに反省しながらテーブルのすみでビールでも飲み始めたとしようか。彼は直ちにその気配を察知して長椅子の下からゆっくり這い出してくる。そして私の足首のあたりを鼻で突く。彼が鼻先で私の身体のどこかを突くのは彼の合図である。その場に応じての万感の意味がある。「散歩に連れて行け」「もう寝よう」というような呼び掛けである。また、私の鼻をなめようとするのは彼の感謝や歓喜の表現である。彼が何か良いことをした時には、したがって、私もまた彼の鼻をなめてやらなければならない。

このようにして私たちとセバスチャンの上に、ニュージャージーの四季は微笑に満ちてめぐっていたのだが、彼が二歳の誕生日を迎えようとした頃であったろうか。或る夜、突然庭のはなみずきの満開の花が全部一度に散り果てるのを見たような気がした。暗い夜空に白の十文字が音もなく大きく流れるのを。

会社で取引先との間に契約上の大きな抗争がもち上ったのであった。会社の何十年もの歴史上単一のクレームとしては最大の金額に達するという不名誉が私にふりかかって来た。沢山の人々が東京との間を大急ぎで往復し、また連日のように弁護士との打合せが夜おそくまで続いた。しかし、その後引続いて起った出来事に較べれば、これはまだ序の口であった。実はその間に、私の部門で業務上の事故が発生したのだ。これもまた大きな金額に及ぶものであった。私は査問を受け、罰せられた。しかしながら、これとてもその後私が直面したことに較べれば軽いものであった。

実は、妻が癌にとりつかれていたのだ。そして、その年の秋が深まってから、或る夕暮どきに、彼女は静かにこの世を去っていった。

私は関西の古い家に帰って来た。何もかもが空っぽになってしまったような茫々とした気持で、私は久しぶりの日本の秋の月を見ていた。満月の光は、庭の橡《とち》の梢の葉越しに砂のように、庭のおもてに散っており、私は縁先に座ってそれを見ていた。

あの十一年前の夜半、椽の葉洩れの月の光を眺めていたのは、実は私ひとりではなかった。わがセバスチャンも眺めていた。彼もまた、米大陸を横断し、太平洋をはるかに渡って日本にやって来た。そして彼と私とは、関西のその家で二年ほどを過ごした。息子は米国の学校に残った。

毎夜私は昔の木刀を枕もとに置いて寝た。常に何かが不安であった。今夜こそ塀を乗り越えて盗賊が押し入って来ると、私はおびえていたのだが、不審な物音がした時にはセバスチャンがいつも素早く目覚めて吠え立てた。

「ヴァージニアに帰りたいか」

私は夜おそくしばしば彼にたずねたりした。もちろん彼が答えたりするわけなどないではないか。

私は毎朝早く家を出たが、彼は必ず門のところまで出て来た。

「早く帰って来るから待っていて下さい」

私は誠意をこめてこう云ってやらなければならない。さもないと彼は奥の座敷の真中に小便をしたりする。だが、夜私が帰宅した時の彼のよろこぶさまはどうだ。私が帰って来たというだけのことで、これほどまでに喜んでくれるこのあたたかいもの、このすばらしいもの、彼は廊下といわず、座敷といわず、あたり一面を力一杯走り廻るのだ。目を輝かせ、からだを躍らせながら、まるで朝のひかりがいっぱいにふりそそぐ自由の草原をはしり廻るように、小さくうなりながら家中を駈けまわるのだ。

そのような二年間が過ぎて私はセバスチャンを連れて東京に帰って来た。私にとって十年ぶりであった。私どもは町なかに住んだ。勿論庭はなく、一日中彼をコンクリートの室内に閉じ込めておく不幸に私は苦しんだ。週末私どもはよく散歩に出た。東京の町なかでも季節になれば道の両側の桜が吹雪を降らす坂道や、木犀が香りを放つ裏道などが残っている。

私はそういう道をいくつも覚えていて、セバスチャンを連れてひたすら歩いた。忘れたいことが沢山あったのだ。しかし、セバスチャンと一緒に月の空を漂う気持になるなどということは、東京の町なかでは不可能だ。

「おい、セバ、ヴァージニアに帰りたいか。そうか、帰りたいか」

そうだ。私だって帰りたいのだ。あの午後、庭に白と黄色の花が満開であった。私どもの背に、郊外の休日の太陽が当たっていた。駈け廻るセバスチャンを妻と息子が追っていた。

とつぜん私はアフリカに転勤になった。運命というものが、急速度でまわり始めたように感じた。こうして、東京でのセバスチャンとの生活は結局三年ほどで終り、その年の早春の宵、私はひとりで任地に向った。セバスチャンは息子のもとに送り帰した。彼を送り出した翌々日、私は息子に電話をかけ、彼が到着する飛行機便名を告げて、そちらに着いても何週間かは検疫所に留置される旨説明した。

「お父さん、セバはいまここにいるよ」

息子が意外なことを云った。この犬は米国生れであると検疫官に云ったら、その役人はおそろしい顔をしながら「このチビはアメリカン・パスポートを持っているのか。よし、連れて出て行け」と云ってくれたと。これでセバスチャンは幸福になれると私は思った。

ところで、私のアフリカ勤務は一年間ほどでとつぜん切り上げられ、私は意外にもまた米国へ転勤することになった。アフリカを離れる前日の午後、社宅の庭の巨木の下にござを敷いて昼寝している幼い兄弟、使用人の子供達の可憐なさまを見ていたら、不意に大量の涙があふれてきた。ここに帰ることはもうあるまいと思った。

だが、翌々日の早朝、まだ暗い水平線の上にマンハッタンのビルディング群が暁の光を受けて真白に輝きながら見え始めたとき、主戦場に帰って来たと私は緊張した。

その後しばらくしてからの或る週末、私は息子がセバスチャンと一緒に暮らしている街に着いた。

息子のアパートの扉をノックした。扉の内側には明らかに何か動くものの気配があった。セバスチャンがはげしく鼻をならせて匂いをかぎ取ろうとしている。

扉が開いた。セバスチャンは直ちに私が何者であるか理解した。それから何分間か、私は彼がうなりながら私の顔をなめまわすのを我慢しなければならなかった。

「この犬は二、三日前から落着かなかったよ」

と息子が云っていた。私どもはセバスチャンを連れて広大な芝生と森の公園を、行き交う人々の微笑の中を笑いながらいつまでも歩いた。そしてこのような日が長く続いてくれることを私は心から望んでいたのだが、運命は急速度でまわり始めてしまっていたのだ。

どこに向って。セバスチャンの胸の十文字が運んで来た凶兆に向ってか。米国の勤務は一年ほどで終り、私は東京に再び帰って来た。

息子とセバスチャンとはそのまま残った。そしてその後の三年間ほど、大きな渦巻にまき込まれたようにして私は過ごしたのだが、或る夜私はひどい寝汗をかいた。その後それはしばしば繰返された。これは癌のひそかな予告だったのだろうか。それは私の内部の或る一部が、突然みにくい姿に変異せざるを得なくなってしまったさだめを、深夜私に訴えようとした悲しみの声だったのであろうか。冬のはじめ、左足のふくらはぎからくるぶしにかけて、不自然な浮腫《むくみ》と痛みが発生した。そして名医の直感は私の胃の上部六割を切除し、私は救われた。

息子とセバスチャンが心配して帰って来た。退院してから何日目か、或る夕方私が偶然にも寝床から立上ったときのことだ。遠くエレベーターのあたりで犬が一声吠える声が聞こえたような気がした。私は出て見た。やはりセバスチャンが帰って来たのだ。彼は檻の中で一瞬間実に不思議そうな顔付きで私を見つめたが、直ちにすべてを了解したようだ。彼のよろこび、私のよろこびを私は忘れることは出来ない。

私はこの頃ではこう考えるのだ。彼の胸の十字はわが家にさまざまな不幸をもたらしたのかもわからない。だが、私は思うのだ。今日一日こうして生きていることが出来るとは、何と幸福なことではないかと。このよろこびも彼が運んで来てくれたのだと。

私どもはこうして再びもとの暮しに戻ることが出来た。めでたし、めでたし。

（一九八八・一〇・一〇）

西アフリカの春

西阿で、僕は一年あまり暮らしたことがあるのだが、いまでもそこで、僕の帰るのを待っていてくれるであろう何人かのひとたちのことを、書き残しておきたいと、このごろしきりに思うようになってきた。

ところで、西阿とはどのようなところなのであろうか。

かりに、君が朝のロンドン空港を発って、真直ぐ、南に向ったとしようか。乾き切ったイベリヤ半島を越え、ほっとして地中海を渡ったとしても、まだそのさきに、真昼のサハラの白い空を長くながく、飛び続けなくてはならない。多分その頃までには、君の何杯目かの強い酒も、殆ど空になってしまっている筈である。隣席の欧州人も、同様の状態であろう。数ヶ月あとの次の休暇まで、またあのような生活が始まるのかと思えば、お互いに気分は荒れ気味になってしまうのである。

やがて君は遠方に、東洋の海とは異った色の海面を見出すであろう。大西洋に通じるギニア湾である。そして搭乗機は、夕陽をうけて燃え立つようになっている火焔樹の森に向って、降りて行くであろう。そして、君は見るであろう。おどろくほど多彩な木綿の衣裳をまとった女たち、走り廻る子供たちを。長衣をひるがえす手足の長い男たちを。叫び声、争う声、このような大群集に、君は忽ちまき込まれるであろう。砂ぼこりと共にふり掛かる汗、そして、あのアフリカ人のつよい体臭に、君はまたたく間に巻き込まれるであろう。

このようにして、ようやく君は西阿の土地を踏むのである。

そこは遠いばかりではなく、つらい生活を、余儀なくされる場所でもある。僻地性が強いという云い方がある。そして、これの強弱の程度は、企業などが海外給与を決める場合の、尺度の一つになっているのであるが、現在、これが最も強いと考えられているのは、アラビア半島に所在する諸国である。そして、西阿のそれは、アラビア半島より更に強いとされている。

その西阿に僕が着任したのは、ちょうど春の盛りのころであった。「あのアフリカの春を、灰色の雨のトゥルーズを出発《た》って来た後の、あのアフリカの春を！君は思い出すか」(堀口大学訳)。サンテグジュペリ『南方郵便機』の快い一節であるが、その春の真只中に降り立った僕には、当然のことながら、その日、湧きたつような、アフリカの四月の大地の、よろこびだけが見えていた。

翌日は日曜日であったが、朝早くから自動車で郊外まで出かけた。だが、何ということであろうか。街なかの道路わきに、ひとの死体がころがっているのだ。半裸の死体が、野良犬かなにかのように放置され、しかも、そのすぐ脇を、群集が何ごともなかったかのように通り過ぎているのであった。そのあたりは街外れに近いので、夜おそく高速で走り去る車にはねられて、毎晩のように死者が出るというのであった。その朝、僕はそのような死体を二つまで見てしまった。

その春は、たまたまその港まちを、残忍な風が吹いてまわるめぐり合わせになっていたのであろうか。信じ難いような出来事が相次いで発生した。

はるばる寄港した外航船が、夜半港内で海賊に襲われたらしい、という話を聞いたら、多分君たちは笑い出してしまうであろう。いまどき海賊とは。しかしながら、或る夜おそく、飛行場まで出迎えに行った若い外国人が、途中ひと気の途絶えた場所にさしかかったとき、突然蛮刀と銃とで重武装した一団に襲われて、あまりの恐怖に、しばらくの間彼の精神は、狂ってしまったようだと聞いたならば、君たちはどうするか。

やがて日が経つうちに、僕はようやく思い当るのであった。僕が生活を始めた社宅の、居間と云わず食堂といわず、随所に置きざりにされている沢山の木彫りの人形やお面や象などのことが。歴代、ここで暮らした日本人たちは、多分着任した翌日にでも、アフリカに触れたというようなもの珍しさから、これらの木彫りを買い求めたのであろうが、日がたつにつれて、むしろ、そのアフリカそのものから、目をそむけたくなってゆく。そして、日本に帰る時には、すべてを置きざりにしてしまう。

春はいつの間にか終り、ハイビスカスなどの花群をふるわせるようにして、雨期が来た。長雨が何日も続き、その合間に、非常に強い雨が襲ってくるようになる。

道路はまるで濁流のようになり、故障車が続出する。そして車の停滞がひどくなると、運転手たちのいら立ちが高まって、少しのことで撲り合いの大喧嘩となったりする。時には、水中をころげまわってなおも戦い続けたりするのであった。

こういう時、街外れの森林地帯もまた、薄気味のわるいありさまとなる。ただでさえうす暗い木々の蔭は、妖気がこもったようになり、その水浸しの大地には、何か巨大なナメクジのようなものが、無数にうごめいているのではないかとさえ感じられるのであった。

雨は、昼も夜もぶっ通しで降り続けることがあった。このような雨の夜、このような場所で、野口英世はひとりで死んでいったのであろうと、僕は幾夜となく思った。

ところで、あのババロケは、今でも元気で暮らしているであろうか。社宅のステュワードというのが彼の職名なのであるが、いまどき執事とは、何と古風な呼称であろうか。実際、彼が日常やっている仕事といえば、宿舎内外の掃除だけなのであったが、単なる掃除夫ではない証拠として、彼は僕の食事中の給仕をつとめるのであった。そして、このために他の使用人たちに対する、年長の彼の優位が、わずかに保たれているのであった。

「ババロケ、君はいくつか」

僕は初日の夕食どき、彼に尋ねた。

「約《アバウト》四十歳だ」

年齢が約ということはあり得ない、おかしいではないかと僕は云うのだが、彼は「ネバー　マインド」と答えるだけであった。

これは、しかしながら、みやげ話として傑作と云うべきだと僕は気づいたので、その後しばらくして、日本からの旅行者を食事に招いた席で、僕はババロケに故意に聞いてみたのだ。

「君はいくつか」

彼はその夜は、実に、「約三十五《アバウト》だ」と答えたのである。

その当時、僕は何と軽薄であったのか。

アフリカを離れて何年も経ってから、ようやく僕は気づくのであった。年齢を、その時々の気分によって、思うがままに決めてよければ、僕らはどれほど解放されるであろう、どれほど自由であろうかと。

さて、長かった雨期がようやく明けた頃、僕は近隣の旧フランス領の国に用事で出掛けた。

同じ飛行機の乗客の中に、西阿に来てから知り合った友人が、全く偶然にも乗り合わせていた。彼は米国人だが、国際機関の常駐として、数年前からここでひとりで暮らしていると云っていた。前任地はエチオピアと云っていた。アジアにもいたと云っていた。

ホテルの酒場で始めて知り合ったとき、彼はいきなりおもしろい話をしたのだ。その時、僕らはビールを飲んでいたのだが、おびただしい蠅が飛びまわっていて、ビンの口や、グラスのへりに、かたまってとまっていたり、その中に落ちたりしていた。

彼は云った。

「蠅に飛び込まれた時、アフリカに来て一ヶ月ぐらいのやつは、すぐに新しいビールとグラスを註文する。半年も住みついた連中ならば、蠅だけつまんで捨てたあと、そのまま飲み続ける。三年もいたやつは、蠅ごと飲んでしまう」

そして云った。「おれは蠅ごと飲む」

その後、彼とはしばしば行動を共にしたが、彼がビールを蠅ごと飲み乾すのを見たことは遂になかった。一つの心構え、作法というようなものを、彼は述べようとしたのではなかったろうか。

彼はまた、何か不思議な雰囲気をもったひとでもあった。硝煙の匂いがすると云ったら大袈裟であろうか。何か、ただならぬものが、彼の軽快な動作の影に、見えがくれしているような気がしてならなかった。アジアにいたというが、それはベトナムではないのか。エチオピアのあのクーデターと、何か関係があったのではないのか。

その彼が同じ飛行機に乗っていたのだ。飛行は楽しかった。窓から見える雨期明けの、熱帯の午前の空には、入道雲がいくつも、輝かしく湧き立っていた。

その晩おそく、お互いの仕事が終ってから僕らは落合って酒を飲んだ。驚いたことに、彼はフランス語をなめらかに発音しながら、にぎやかな店を連れまわってくれた。

そのうちに酔ってきた。降雨の心配のない快い宵、そして常駐地を離れた解放感に、僕らは猛烈に酔ってきた。

「河向うに行ってはいかんぞ。橋を渡ったら危険だぞ」

彼は酔いながらも、何回となく警告した。そのうちに群集にもまれて、僕らは離ればなれになってしまい、酔いつぶれ、気がついた時には僕は、たいへんなスピードで走るタクシーに乗って、その大きな橋を渡っていた。隣りのアフリカ女性の肩により掛かって、僕は眠りこけていた。「橋を渡っているな、危険に向っているな」と、おぼろ気に気づきながらも、もうどうなっても良いと、再び意識はかすんでいった。

だが、このような出来事は、今更特筆すべきことではない。多くの街で、毎夜繰返されている醜態にしか過ぎないとおもう。僕が書き残しておきたいのは、その翌朝のことなのだ。

翌日の早朝、シャツとズボンのまま、驚愕してとび起きた僕は、上衣の内ポケットの財布がみごとに無くなっていることにすぐ気づいて狼狽した。その気配を察してか、隣りの台所のようなところから出て来た前夜の女性が、黙ったまま、僕が寝ていた枕を持ち上げた。そこに、僕の財布がそのままあった。

それはおどろくほど質素な部屋であった。荒塗りのままのような壁にかこまれた部屋の一方に、窓が明け放されていて、すぐ外に梢にしげる葉が見えていた。片方のすみの、小さな台の上のかごの中で、赤ん坊が眠っていた。

僕はフランス語は出来ないので、すべては無言のままで進行した。やがて、彼女は僕を送って外に出て来た。

あたりの街の姿は、なるほどおそろしいような雰囲気であった。みすぼらしい身なりの人々は、しかし、僕らには無関心のようであった。そのように装ってくれたのであろう。

彼女はタクシーを止めて、運転手に行く先を告げていたが、何を思ったのか、そのまま助手席に乗り込んで来た。車は前夜の橋を渡ってホテルの方向に向った。ホテルの角で僕は車から降りた。車は彼女を乗せて、そのまま引返して行った。それっきりであった。

やがて雨期はすっかり明けて、再び暑い日がもどって来た。

そのような暑い夜が続くと、門番の男たちは戸外にござのようなものを広く敷き、大きな布にくるまって寝るようになった。月の夜には、男たちは、そのまま光をいっぱいにあびながら寝入っていた。

彼らは大砂漠の南端、むかし栄えたといわれる王国の都から、はるばる出稼ぎに来ているのであった。亡びたその都は、かつて黄金に満ちあふれていたのである。その王は、黄金と宝玉に飾られた隊を組んで、メッカ巡礼の長い旅に出たと云われている。

満月の、あのサハラの夜、隊の男たちは砂の海に寄せる黄金の波の間《ま》に、幾夜、この世ならぬ豊かな眠りを経験したことであろうか。

月をあびて眠る門番の男たちの中の一人の青年のことを、僕はいましきりに思い出している。青年は、特別にくろく、屈強であった。いつも上半身はだかであった。或る晩、遠くに見える隣家の庭木に咲いている白い大きな花々が、あまりに妖しく眺められたので、僕は門のそばを通りながら、「あの種類の木が、この庭にもほしいものだ」と独語したことがあった。青年はそれを聞いていたのであろうか。数日後、彼の合図に従って裏庭に廻ってみると、何と水小屋の横手に、数本の裸の小枝が植わっているのであった。折角彼が盗んで来てくれたのであろうものを、簡単にののしることは許されないが、それにしても、それらの小枝は貧し過ぎた。

せめて、何年か経って、僕がまたこの家に立寄る機会にでもめぐまれたならば、その頃には、これらの貧しげな小枝でさえも、白い大きな芙蓉に似た花を、咲かせているであろうとでも、思ってみるよりほかなかった。

或るむし暑い宵、僕は所在なさに、何となく庭に立っていたことがあった。すぐそばに、男たちが腰をおろしたり寝ころんでいたりした。彼らに向って「あの都に」と僕は云った。「あの都に、いつか行ってみたいものだ」

すると男たちの中から、例の青年が立ちあがって来た。彼は云った。

「あなたが行く時は、おれも行く」、「マスター　ゴオ　アイ　ゴオ」と云った。

僕はやはり、彼のことを決して忘れてはならないであろう。

暑い秋の日が数ヶ月も続き、その年も終りに近づいたころ、ハマターンと称するわるい北風が襲ってきた。サハラからくるその風は、砂の微粒子をいっぱいに含んで、何日も吹き続けるのである。霧のように、もやのように、それは国中にたち込めて、椰子も、人も、牛も、みな亡霊のようになる。夜の港には、霧笛がひくくひびいて、あたかも北海の情景となる。

「クリスマスが近いな」とあの米国人が云った。

僕らはその時、港に面したヨット・クラブの建物の、外側のベンチに座っていたのだ。僕は云った。

「来年のクリスマスごろ、われわれはどこにいるであろうか」彼は黙ったままであった。

その時、実は、僕は転勤の内示を受けた直後であった。そして、そのことを、その夜彼に話した。それ以来、彼とは会っていない。彼は、どこに行ってしまったのであろうか。数年後、その国では大きなクーデーターが起ったりしたのだが……。

二ヶ月ほども続いたハマターンが過ぎ去ると、再びアフリカの春がめぐって来た。その春の朝早く、僕は次の任地に向って、いよいよ社宅を出発した。玄関の扉の前に、みんなが集ってくれていた。ババロケ、女房、子供たち、鶏や犬、そして料理人のフライデーと洗濯夫のバシール、女たち、たくさんの子供、皆が大さわぎをしていた。お祭りであった。門番の男たちの中から、いつも半裸の青年が歩き出て来た。「ついて来てくれ」と彼は云った。裏庭、水小屋の横手には、驚いたことに、あの芙蓉に似た花木が、もう僕らの背よりもたかだかと、枝をさし伸べているのであった。しかも、初々しい花を、三つ四つ、ひらひらとさせながら……。
あのアフリカの春を、僕は思い出すか。

（一九八九・五・六）

セバスチャンが死んだ夜

Kに

セバスチャンがとうとう死んでしまった。その夜おそく、僕はいつもの通りこの六畳の北側の壁にもたれて、読むともなく本の頁を繰っていたのだが、隣室に敷いてある僕の布団のすその方で、それまで背中をまるめて眠り続けていた彼が、いつともなく僕のそばに寄って来ていて、とつぜん、今まで聞いたこともないような奇妙なこえで二声、三声大きく叫んだのだ。しかも彼は、おそろしい形相を呈しているではないか。怒った時にいつもするように、首筋の毛をいっせいに逆立て、目をつり上げ、まるで狼のような顔つきで、しかし、苦しげに大きな呼吸をしているのであった。

僕は驚愕し、直ぐに彼を膝に抱き上げて、苦しそうなその背や胸をさすった。「おい、セバ、大丈夫か、苦しいか」というようなことを口走りながら、かなりの時間さすり続けている間に、彼の逆立った毛もおさまって来て、いつものやさしいセバスチャンの顔つきになってきた。だが、呼吸は次第に弱々しくなり、小一時間もするうちに、とうとうそのまま途絶えてしまったのであった。僕はそのまま彼を抱いて座り続けていた。そして気がつくと、あの柱時計が真夜中の十二時をうった。

死後硬直が始まる前に彼のまぶたを閉じておいてやらなくてはいけない。僕は左腕で彼を抱きつづけながら片手をまわして彼のまぶたを押さえ始めた。


それは、深まりゆくこの関西の秋の夜空を満月が渡っていった晩から数日あとの夜更けのことであった。庭の芙蓉と、その影の萩の白いむらがりに、その夜もやはり月のひかりが一面に散っていた。僕は思い出すのであった。十何年かのむかし、同じような十月の月の大きな夜、ひとりの死者のまぶたを閉じ合わせたときのことを。そうであった。おまえのお母さんが瞼を閉じたのも、この季節であったのだ。

愛するものに先立たれた時、来世での再会の期待に心の慰藉を委ねることが出来るのは、僕ら遠い東洋の仏教徒だけに許された秘法なのであろうか。

僕は、死んだセバを抱きながら、その夜、実際、夢みたのであった。そのとき、そのあかるく清らかな月夜の空にむかって昇天しつつあるセバスチャンの精霊が、あのニュージャージー州のメイプル林の秋のいろ、真紅と黄金の傾斜を駈けのぼって行き、そして彼女がいまでも住んでいるであろうあの家に向って、なおも大急ぎで走り続けている情景を……。

僕は思い出すのであった。あの家の庭にはいつも快い風がながれていたことを。セバスチャンと、僕ら三人とは週末終日そこにすわっていたことを。週末は、そして、いつも晴天であったことを。

セバの健康が急激に衰弱にむかったのは、僕が九月の末に東京の病院まで月例の診察を受けに出掛けたときのことである。

おまえは憶えているか。数年まえ、とつぜん僕が胃の手術を受けたとき、おまえが成田空港から直行して来たあの病院に、僕はいまでも毎月診察を受けに通っている。

多分、おまえは聞いたことがないと思うのだが、この病気の患者は五年生存率という、聞き慣れぬ一つの尺度の対象となる。即ち、術後五年間生きのびて、始めて彼は当該癌から全快したと見做されるのである。普通の病気、たとえば盲腸摘出の手術ならば術後の経過が順調ならば、三・四日で退院となるのであろう。そして医師は晴れやかに彼を祝福するであろう。「御全快でございます」と。しかしながら、僕らの場合は大いに異なる。術後五年経過しなければ、全快したことにならない。再発、転移が多いからだ。おまえは忘れることはないであろう。全快したと僕らが信じていた彼女が死んでしまったことを。

ところで、診察を受けるために僕が東京に出掛ける留守中にセバスチャンを近くのペットショップに預けることを常としていたのだが、たまたま九月のその時期に、この秋はじめての冷え込みが関西を襲ってきていた。その不意の寒さが老齢のセバスチャンに苦痛を強いることになるのではないかと、僕は怖れたのだが、その予感が当たった。ショップから帰って来た彼はもはや明らかに異状であった。

もともと老齢性の白内障が進行していて、セバスチャンの視力は殆ど無くなっていたのだが、その後急速に聴力も退化してきていた。そして、ショップから帰って来たときは、食欲は極度に衰え、足もとはもつれ勝ちとなり、終日殆ど眠って過ごすようなありさまになってきた。それはセバにとって痛ましい状態であったばかりでなく、僕にとってみても、やがてはめぐってくるであろう日々の、僕自身の不吉な姿とも感じられた。それは、心が萎えてしまうような怖しい予感であった。

さて、その後秋雨の日が何日か続いたあと、翌月の診察日が迫ってきていた。本来ならばセバスチャンをいつものペットショップに預けてゆくべきなのであったが、その頃僕はたいへんなことを考えていたのであった。

それは、ドッグフードやチーズや水をなるべく沢山セバがいつでも食べられる状態にして置いて、彼を独りこのままこの家に残しておいてはどうだろうか、という考えであった。もしも彼にまだ生命力が恵まれているならば、彼はよろけながらも立ちあがり少量ずつでも食べて、僕の帰るのを待つであろう。さもなければ、みずから諦めて静かに永い眠りにつくことになるのではないかと。

それは、残酷というものであると、おまえはいうであろうが、実は、これもまた僕自身が折にふれて自分自身に問い掛けていることでもある。

N先生の御母堂のはなしを、おまえは憶えているか。明治生まれの彼女は、かねてから体調がすぐれなくなっていたのだが、或る日——先生のことばによれば、皆が見舞いや葬儀のために外出するのが苦にならない時候を選んだかのように、うつくしい五月がやってきたとき、自分からすすんで入院された。そして、点滴を拒否された。そのうちに、食事も次第に細まってゆき、やがて、おだやかな寝顔をみんなの心に残し、旅立ってゆかれたという話なのであるが、僕はそれを忘れることが出来ないでいる。

そして、セバスチャンも無理に長生きさせるよりも、自然のままに眠り続けさせた方が彼自身にとっても幸福なのではないかとさえ考えたりしたのである。

それは全く僕自身のことでもあるのだ。僕にとって死者たちは既に親しい。そして、彼らが安らかなその黄泉《よみ》の平原では、四季を通じて月の光がたゆたうなかに山百合が咲き、彼らは僕の到着を待つのであろう。

だが、その死に至るまでが、何という怖ろしさであろうか。あの病室で、何本もの細いパイプで、むき出しの血管をつながれ寝台にしばりつけられたようになって、不眠の幾夜をひとりで過ごすとは。

セバスチャンにとってみても同じことではないのか。視力も脚力も食欲もすべて殆ど失ってしまった彼を、まわりの僕らが救援していると信じながら、実は屈辱に似た長命を強制しているということになっているのではないのか。だが、僕は何日か考えたあげく、結局セバを獣医に預けることにした。やはり彼をこの家の真暗な夜、ひとりで死を迎えさせることは、僕にとっては不可能なことであった。それは、あまりに、あわれではないか。

しかし、このような大袈裟な思惑をまるで無視したかのように、あの月夜の夜更け、われらがセバスチャンは、さっぱりと二声、三声別れの挨拶をしたあとは、僕の腕の中にしっかりと横たわり、猟犬のそのあたたかい体温と追憶とを残して去っていったのであった。

そうして、セバスチャンを送り出す通夜が始まり、その夜は次第に翌日へと明けていった。僕は彼を僕の腕からおろして、彼がいつも寝そべっていたあたりに、白い敷布を四角に小さく敷き、そこに北枕で彼を横たえた。庭に下りて、咲きこぼれそうな萩の花枝を折って枕もとに供えた。

そして、夜が完全に明けたならば、東側の花壇を掘って彼を深く埋めようと思いついた。そうしておけば、やがておだやかな春の夜がめぐってくる頃には、昔の詩人がうたったように、セバスチャンは蕃紅花色《さふらんいろ》の清水となって湧き出てくるであろうと思い当たった。

その頃になったら、おまえも休暇をとって帰って来い。縁側にすわって花壇を見ながら酒を飲もう。生きている実感を祝福し合おう。その時分には、願わくば僕が全快していることを、いまはただ祈ろう。

（一九九〇・一・七）

バスラーの白い空から

船乗りシンドバッドが真白な鸚鵡をその肩にとまらせながら帆船から降り立った桟橋、それがバスラーの港である。それは、アラブ河と呼ばれる大河の西岸に長く伸びた河港なのである。

それを南に下れば、砂漠を横切ってペルシャ湾に通じ、やがて七つの海にひろがってゆく。北に溯行する人々は、やはり両岸に無人の荒地を眺めながら暫く航行することになるが、大河はやがて二本の流れに分れているのを知ることになるであろう。

右手に遡ればチグリスとなり、かつてシェエラザードが仰いだバグダッドの夜の空に、そのはなやかな漣を映すことになる。

左はユーフラテスである。これを更に遡れば、その水は、むかし、嘆きにあふれた人々が佇んだ河岸に達する。「バビロンの河のほとりにありてシオンを想いぬ」と書き残したひと、「エルサレムよ、もしわれ汝を忘れなば」と誓った人々が、額をひたしたであろう河べりに、今でも野の花が咲いているのを遠く見ることになるであろう。

こうして、古い王国の頃からのさまざまなよろこびや呪いを浮べてアラブ河は流れ続け、バスラーは長い間その波音をひとり聴いていたのであった。そして、今や、おだやかな余生をたのしみつつあったのだが、何という不幸であろうか、彼女はこのたびの戦乱の真只中に引き出され、撃たれ、半ば死に絶えてしまったようだと伝えられている。

或る年の冬の何ヶ月かを、ぼくはバスラーで過ごしたことがある。

それは、第二次世界大戦が終ってから十年あまりたって、地球上の大きな騒ぎがひとまずおさまり、人々が戦争のことをようやく忘れかけたかのように見えた、あの不思議におだやかだった一時期のことである。やっとのことで、良い時代がめぐって来そうな期待に、人々は胸を寄せ合おうとしかけていた。

その年の秋が暮れるころ、ぼくは真夜中に羽田空港を発った。

それは、メソポタミア北部の耕地帯で産出される穀物を買付けて、神戸向けの船に積込む仕事のためであったのだが、ぼくにとっては初めての海外旅行であった。ぼくは何回も飛行機を乗継ぎ、その都度大きな恥をかきながらも、ようやくバスラーに辿り着いた。そして空港で荷物が無事に出てくるであろうかと、心細い気持で待っていた時、不意に背後から日本語で呼び掛けられて仰天した。

その時代、日本はまだ非常に貧しかったので、海外旅行者に対する外貨割当はきびしく制限されていた。従って、羽田からの数日間のその旅行中、ぼくは日本人の旅行者を殆ど見かけることがなかった。ところが、このような僻地の果ての小さな空港で、突然母国語を聞こうとは……。話しかけてきたのは、ゆったりした上衣を気軽に着て、ひと懐しそうな表情を浮べながら近づいて来た中背の白人であった。その時から数ヶ月にわたって同じホテルに宿泊し、殆ど毎日食堂の窓側の同じ食卓で、一緒に食事をするようになってしまったスウェーデン人の若い船舶技師であった。彼は仕事の関係で数ヶ月日本に滞在したことがあるとのことであった。

そのホテルは、バスラー空港のターミナル・ビルそのものであった。したがって、空港ロビーがホテルのロビーであり、そのロビーに続く裏庭は飛行場なのであった。その更に向うは砂漠に直接つながっていたから、食堂の窓から眺めると、滑走路では毎朝早くから陽炎がとび跳ねるように大きくおどり、夜になると遠い空は、油田の廃ガスを燃やす焔で夜通しあかあかと染められていた。それらは全く見慣れない、不気味な光景であった。

ホテルの裏庭が飛行場だとすれば、表の庭はアラブ河であった。あのアラブ河が道路一つへだてた向う側を、毎日かわることない優しさでゆったりと流れていた。そして対岸はどこまでも続くなつめ椰子の密生林であった。椰子林は風に吹かれては、微笑むように、歌い出すように、いっせいに揺れるのであった。それらは何という心の休まる風景であったろうか。河風が快い夜、アラビアの三日月が中空に浮かぶ夜更けには、その昔、アッシリアの王に囚われていたという、かなしい黒人の奴隷娘のことなどが思い起されたりするのであった。

朝早く食事をすませると、スウェーデン人と別れてぼくは毎日川下の新市街に出かけて行っては、穀物の集荷のありさまを調べたり、船会社の代理店に行って積取船が到着する予定を尋ねたりしていたのだが、東京を発つ前に皆が心配していたように、やはり全体の状況は芳しいものではなかった。産地からの穀物の到着が予定の数量に較べて非常に少ないのである。しかも、船の到着は一日一日迫りつつあるという始末であった。

ぼくは気晴らしのために、しばしばホテルの床屋に通った。床屋の年若いあるじは堂々たる口ひげをたくわえてはいるが、心のやさしいひとであった。彼の父祖の地は、黒海地方の内陸で、美しい古い山が誇らしく讃えられている由緒ある地帯なのだが、国家としては、既に何世紀も前に、歴史の向う側にとり残されてしまっていた。その亡国をおもいつめる気持を、彼は努めて彼自身の表情にとどめて置こうとしているようですらあった。

彼から聞いたあわれな話を、ぼくは今でも忘れていない。それは、大戦が終って暫くして、彼の友人一家が向う側からの呼び掛けに応じて、その故郷であるべき土地に帰って行った時のことである。別れに当たって床屋はその友人に頼んだのである。

「手紙は検閲されるから何も書いてはいけない。その代り写真を送れ。もしもおまえが幸福だったならば、木の下に立っている写真を送ってくれ。もし不幸ならば坐っていてくれ。それが、坐っている写真ならばおれは帰郷はあきらめるから……」

数ヶ月たって彼が受取った写真の中で、友人は大きな樹の下で、何と、弱々しく横たわっていたというのである。坐るだけでは伝えることが出来ないほどの、大きな不幸に打ちのめされていることを知らせたかったのであろうと、床屋はいうのであった。帰るべきその土地に帰ることは諦めたと。

気晴らしのためのいま一人の話し相手は、新市街に新しい店を構えている新婚の洋服屋であった。彼もまた国をなくした男であった。温暖な海ぞいの土地を追われた一群の中の一人であった。スウェーデン人と連れ立ってはしばしば彼の店に遊びに行ったのだが、そのたびにアラビア流に紅茶をたてて

「ここはバスラーの国際連合だ」

と、ぼくらを歓迎してくれながらも、その、乳と蜂蜜とが、いつもあふれ流れていたといわれる故郷を追われた無念さを、大声をあげて訴えるのであった。時には烈しく泣き出しては怒り続けるのであった。

ところで、週末になるとホテルの酒場の様子は一変した。平日の夜は、スウェーデン人技師とぼくとが殆ど毎晩同じような話を繰返しているだけで、あとはひっそり静まり返っている酒場は、土曜の夜には泥酔者たちで大荒れとなった。それは、回教の戒律がもっと厳格な南の方で、油田の開発に従事している欧州や米国からの人々が、強い酒に酔うために、大挙して北上してくるからであった。

その中の何人かの人びととは次第に顔馴染になってゆくのであるが、彼らの中には、明らかに大戦中どこかの遠く荒い海に、長い間出ていたような匂いをもち続けている

人たちがいた。

あの、あお黒く光る鋼鉄と機械油のにおいを、ぼくらは相互のどこかに探り当てながらも、しかしながら、そこから先には踏み入らなかった。お互いに、浅くしか眠ることが出来なかった夜々のことを、おたがいの不運な時代のことを、ぼくらはまだ打ち明けることは出来なかった。

そういえば、スウェーデン人が佐世保にいたといっているが、それは何かの事情があって、占領軍のひとりとして駐留していたのではないかと思うようになって来た。彼がぼくに対して、旧友ででもあるかのように振舞うのは、そのせいに相違ないと思ったりした。実際、彼はいろいろな西洋の流儀を教えてくれようとした。

「パンを食べ始めてよいのは、正式にはスープのあとだぞ」

と何回も聞かされたが、このような教育に、後年どれほど助けられたことであろうか。

さて、或る日、昼食をとりにホテルに帰ってみると、いつもは人影もまばらな昼間のロビーのソファーに、見慣れぬ一団が茫然とした様子で坐っているのが目に入った。セーターを着ているもの、革の短ジャケットのものなど、まちまちの服装の人々の中に、スウェーデン人がまじって話し込んでいた。近寄って聞いてみると、彼らは米国空軍の飛行機乗りたちであることがわかった。彼らはその日の早朝パリの近くの基地を発ち、イランまで飛行してゆく途中、故障が生じたためこの飛行場に不時着して来たというのであった。なるほど飛行場のかなり遠い方に、大型の暗緑色をした軍用機が、ものものしい雰囲気を放って身構えているのが眺められた。

その日から暫くの間、スウェーデン人とぼくとのいつもの静かな食卓は、飛行隊に占領されることになった。彼らはフランスから修繕用の部品が輸送されてくるまで、ここで待つことになったのである。

その年の暮れが早くも迫ってきていた。暑さの盛りには五十度を越すこともあるバスラーでも、その時期ともなれば、夜が更ければヒーターを必要としたが、昼間は相変わらず明るい陽光の下でアラブ河は終日やさしげに流れ、対岸の椰子林は時おりの河風に楽しげに揺れうごいていた。

港での穀物の入着はその後もはかばかしくなかったが、契約数量の半分にも達しないのに、早くも積取船が数日ののちには入港してくるという、たいへんな事態になってしまっていた。何故このような不手際が起ったのか。それは、契約相手の現地の穀物商が相場を見誤ったからである。

あとで判ったことなのだが、彼らは相場の先行は弱いと見て、ぼくらに対して端売《はたうり》して来たのである。ぼくらに引渡す穀物は、後日相場が下がって来たところで安く買埋めることとして、引当ての現物を持たずに、空売《からうり》でぼくらと契約したのである。ところが、相場はあべこべに反騰してしまったため、買埋めたくても手が出せない状態だったのである。当時、このような内情を、青二才にしか過ぎないぼくが、察知すべくもなかった。

「産地の降雨がひどいので輸送が遅れている。数日中には間違いなく入着する」

このような相手方の気休めを、ぼくは信じていたのであった。そして、更に愚かにも、心配してくれているスウェーデン人たちにも、その通りに話していたから、彼らをも毎日一喜一憂させることになってしまっていたのであった。

不時着してきた飛行機の機長は、とび抜けて背の高い青年であった。主操縦士でもある彼は、スウェーデン人とぼくとを操縦室にまで連れて行き、ぼくらを操縦席にすわらせては、さまざまな装置に触れさせたりした。

彼のすぐ次は機関士《エンジニア》と呼ばれていた士官であった。彼はいつも淡青色のスウェーターを暖かそうに着て、おだやかに笑っていた。あとの四、五人はみな運動部に属する学生のように、屈託なげに振舞っていた。

彼らには戦争の匂いなど全くなかったが、その後数年の間に、世界の様子は非常に大きく変わっていったから、彼らの中の何人かは、そのうちにいろいろな国の空を飛ぶことになったであろう。それらの暗い空を、おそろしい顔をして、高くひくく飛んだであろう。そして何人かはその空から撃ちおとされたであろう。

だが、そのような息づまる瞬間とは永久に無縁であるかのように、あれらの日々、彼らは全くのびのびと動いていた。そして、連日心配の絶えないぼくの様子が、さだめしおかしなものに映ったのであろうか、彼らと顔を合わせるたびに大きな声を掛けてくれたりしていた。

そのうちに、いよいよ船が入港して来た。そして積込荷役が開始された。

バスラー市中には何条もの古い運河が走っていた。それらの運河に面して建っている倉庫や、あるいは野天の置場で、ぼくらの穀物は船積されるのを待っていた。

そして、遂にそれらの穀物が艀に移され、艀は白い長い頭巾を朝早い河風に翻すアラブの船頭たちにあやつられながら、何隻も何隻も連なって運河を下って行き、やがて本流の中ほどに錨泊している積取船を目指して大河を進んでゆくさまは、心おどる光景であった。だが、本来ならば四、五日はかかるはずの荷役が、とつぜん二日間ほどで止まってしまったのだ。倉庫の穀物が底をついてしまったのである。

それからの数日間、ぼくは殆ど眠っていなかったのではなかったろうか。苛立ち始めた船長が見切り出帆するといいだしたのだが、それも何とかおさまり、また、穀物商が大きな損失を覚悟して、ようやく買埋める決心をかため、荷役は再開されたのであった。

　契約数量全量を積取ってアラブ河を下って行った船を見送ってから、ようやくぼくがホテルに引上げたのは、ちょうど大晦日の夕暮れどきであった。それは、いつものように飛行場の果ての砂漠の空が、油田地帯の廃ガスの焔で、あかあかと染まり始めるころであった。

　その頃、スウェーデン人と飛行機乗りたちは、約束通りにホテルの食堂の長方形の大テーブルを囲んで、既に着席してぼくを待っていた。

　その年の最後の夜を祝って正餐を一緒にとろうというのが、ぼくらの約束であった。まず長身の機長が立ちあがって、手短かに何か述べ、すぐ坐った。次にスウェーデン人が立って
「飛べない空軍に、神の祝福あれ」

といった。続いてぼくが立った。そしていった。

「船が出た」

皆はいっせいに大声をあげて立上ってくれた。ぼくはあの年の大晦日の夜を忘れることはないであろう。

年が明けて数日たったころ、皆が長い間待っていた飛行機の部品がようやく到着した。そして、更に数日後の正午ごろ、イランに向って出発することになった。

その日ぼくは早めに港からホテルに帰ろうとしていたのだが、何かの都合で少し遅れてしまった。そして、ぼくがロビーを駈け抜けて、飛行場に出た時には、皆は既に飛行機に乗込んだあとで、扉も閉ざされてしまっていた。そして、ぼくが走って行くのを待ち切れず、滑走路の方へすべり出してしまっていた。スウェーデン人が盛んに手を振っているのが遠く見えた。やがて機は滑走速度を早めてゆき、遠ざかり、離陸していった。

だが、ぼくら二人がホテルの建物さして、黙り込んだまま帰りつつあったときである。不意に背後の空から大きな爆音が近づいて来た。飛び立って行った飛行機が反転して、大音響をとどろかせながら、ぼくらめがけて超低空まで降下して来たのであった。

やがて機首を急に上に向け、翼を大きく振りながら次第に小さく消えていった。

ぼくは、いつか必ずあのバスラーに行ってみるつもりだ。そして、やさしく流れ続けているであろうアラブ河の岸に先ず立とう。ジャスミンのなつかしい香りを確かめよう。それから、あのかなしむ人、怒る人をたずねてみよう。ぼくもまた、今では、充分に悲しく、充分に立腹していると、彼らに告げよう。そのあとで、あの飛行場を歩くのだ。そうすると、ぼくにはわかるのだ。あの飛行機がどこからともなく上空にあらわれ、やがて翼をさかんに振りながら、ゆっくりと降下してくるであろうことが。

（一九九〇・二・一三）

サン・セバスチャンに雪のふる夜半

その愛すべき海浜都市はイベリヤ半島の北岸、ビスケイ湾がやさしく寄せる渚を、涼しげにかざっている夏の真珠なのである。

首府マドリッドの真夏の空は、サハラのそれに直結してしまったかと危ぶまれるほどに乾き切り、燃えあがるので、そこに住む病弱な老夫妻などは、六月の第一週ともなれば早くもその入江を指して旅立つのであるが、彼らばかりではなく政府機関さえもが、驚くべきことには、毎年その水のほとりに移動して、ゆったりとした午睡《シェスタ》をたのしむのであった。あの美風はいまでも続いているであろうか。

或る年の季節はずれの真冬の十幾日かを、私どもは思いがけない経緯から、その夏の都で過ごしたことがある。

それは、もう四半世紀以上もむかし、私どもの英国での貧しい暮しが六年目にさしかかろうとしていたころのことであった。私はまだ家族のものを休暇旅行に連れていってやることが出来ないでいた。そして、ひと並みに何とかしたいと思うようになってきていたのである。

奇蹟は、中世の奇蹟は不遇ながらも敬虔な鍛冶屋の軒先の燕の巣の中に、ひそかに黄金の卵をしのばせたのであったが、卵はそのまま誰に知られることもなく何世紀も眠りつづけたあとで、或る真冬の満月の夜更けに至って不意に孵化した。真白な椿の花が深夜ひと知れず散るように、卵は、その夜、月のひかりにちりこぼれ、ひらりと一枚の小さな暦となった。

その年の暮れに、四日間ほど続けて休みをとれば、降誕祭と新年の休日が結ばれて二週間にも及ぶ長期休暇が可能となったのであった。

スペインに行こう。私は迷うことなく決心した。そして、そのように思いつくと、煙霧に重苦しく閉ざされていた空がとつぜん大きく切り裂かれて、その向うに南国の朝のひかりがみるみるうちに広がってくるのであった。私はまた続けて決心した。自動車を自分で運転してゆこうと。ガソリンと地図と磁石さえあれば何とかなる。そして、若干のウィスキーと体力さえあれば……。

私はすでに、あお黒い潮流が早く流れる海峡をわたり、早くもピレネーをさえ越えていたのであった。そして、そこには、数ヶ月ぶりにあおぐ青空いっぱいに大きく祝砲がとどろいて、その中を色とりどりのゴム風船がよろこび勇んで無数に舞いあがっているかのようであった。私どもはそのように幸福に満ちた風景のなかを走りつづけ、ロンドンを発ってから三日目の夕刻には既にマドリッド市内にさしかかろうとしていた。

その晩はたまたま降誕祭前夜であった。生憎はげしい雨が降りはじめていたが、私どもは予定よりも早く目的地に安着した嬉しさでいっぱいであった。だが、通り過ぎる街々は、神聖であるべき翌朝にそなえるように、早くも店じまいを始めており、人々は強い雨の中を大急ぎで歩き去っていった。街角の食堂も酒場もすべて閉じられつつあった。

私どもは辛うじて葡萄酒と多少の食物とを手に入れて、ホテルの自室での小規模な晩餐となった。それは、しかしながら、私どもにとっては満ち足りた食事であった。窓外の風雨の音は烈しさを増していたが、あかるい室内では妻と幼い息子とが安心して微笑《わら》っていた。それは久しぶりの快い夜であった。

その当時、私は数年前に妻に対しておかした罪をそのまま負って暮していたため、毎日を必ずしも明朗には送っていなかった。そして、それを言葉に出して説明するだけのゆとりを私は持っていなかった。彼女は何も知らない筈であったのだが、しかし、彼女がときおり、ふと見せるかなしみの表情から、彼女が何事かを感じとり、そして深く傷ついていることを私は知らされるのであった。

だが、あの旅先での冬のあらしの夜、三人はそれぞれ長い旅がひとまず終ったことに安堵し、そしていつまでも微笑んでいた。

翌朝から私はそのような彼らの微笑のなかにゆらめくように建っているいくつもの大伽藍を見て歩いた。また、深夜の月の光をあびて、池の面のようにかがやきながら静まりかえっている石畳の広場《プラサ》を、そのような微笑のなかに見た。そして、満足して再び小さな自動車に乗組み、ながい帰途についたのであった。

万事が予定通りに快く進んだのは、実は、そのあたりまでであったのである。その日の午後おそく、私どもが北部の高地にさしかかった頃からにわかに雪が降り始めた。それは次第に深さを増してきて、遂に私どもは或る峠の途中で立往生を余儀なくされてしまった。車輪に巻く鎖を持っていなかったために、その長い急坂をのぼり切ることが出来なくなってしまったのである。

私は大いに狼狽しながらも真北に方向を転じビスケイ湾岸に出ようとした。出たならば次に真直ぐ東進しピレネーの西麓と海のあいだをわずかに抜けてフランスに入ろうとした。フランスに入ってしまえば安心だ。私どもは、案の定、その日の夕刻には湾沿いの都市サンタンデルの下町の温暖な灯の中にいた。そして、翌日午後にはフランス国境を望むサン・セバスチャンの街に、私どもの自動車はゆっくりと入っていった。

サン・セバスチャン、真夏の真珠、それは白い瀟洒な小都市である。だが、季節はずれのその時期には訪れる客もなく街はひたすら眠っていた。そして、私どもの安堵もまた急速にしぼんでしまうことになる。

私どもは古いホテルを海岸通り近くにみつけて投宿した。実は、途中の廻り道による予定外の出費によって嚢中きわめて心細くなってしまったのである。そこで、そこからロンドンの友人に電信を打って送金を依頼しようと思いついたのである。(国際電話やクレジット・カードによる国際間の決済が日常化してくるのは、いま少しあとになってからである。) 打電して数日待てば入金出来るであろう、それまでは現金を持たなくてもホテルの食堂でならば食事はできる筈である。あとは終日砂浜で日光浴でも楽しもうではないか。

しかし、それは全く浅はかな安心にしか過ぎなかったことが直ぐ判明した。そのホテルは他の多くのホテル同様、季節はずれのこの時期、館内の壁のペイントの塗り変え作業中だったのである。したがって、何たる失望であろうか、食堂は休業中なのであった。

避暑地における私どものささやかな冬の苦難はこうして始まったのである。

手持ちの現金は毎日確実に減少を続けたから、私どもは数日後にはもう街のレストランで食事を続けるわけにはゆかなくなってしまった。私どもは毎朝大きな紙袋をもって街の市場に出掛けた。市場は古びた石造りの堂々とした建築であったが、建物の格式に似合わぬ陽気な商人たちは大声で何かを叫び合い、笑い合い、そして、色とりどりの珍しい食料品が朝早くからぎっしりと並べられているさまは、まるで昔の縁日の宵の楽しさであった。

ホテルの部屋では料理ができないため、私どもはパンと缶詰類と果実などしか買うことが出来ないので、いきおい毎日同じ店に通うことになる。黒の着古したスウェーターを着た太った老婆は、怪しむそぶりも見せずに毎日妻と息子の髪の毛を撫で、そして連日同じような食べものを一つひとつ丁寧に袋に入れてくれるのであった。「これはオリーブ、何ペセタ、これはサラミ、何ペセタ……。」しわがれたようなその声は、何と心が安まるあたたかさであったろうか。

この地方に古くから住むこれらバスクの人たちは、不思議なことには日本を大そう好いていた。その当時ロンドンでは、大戦中の日本人の残酷さを示す写真展が目抜き通りの常設会場で長い間開かれたりしていたので、私どもはひっそりしたような気持で暮していたのだが、このバスクの人々は大らかにも日本を好いていた。

或る晩のこと、街の小レストランの二階で私どもは食事をしたことがあった。隣席の三人連れの壮年は何ごとか大声で話し合っていたのだが、そのうちに年長のひとりが立ちあがって私どもに向って話しかけてきた。シンパティコということばを多発した。ムーチョ　シンパティコ。その滑稽なような、そして、なにか涙ぐましいような語感を、いまでも私はおぼえている。親近感を示す言葉であろう。彼らはそれだけに留まらず何回にもわたってシェリー酒をすら振舞ってくれたりした。彼らは遠方から来た有色人に対して、何か心を許すものを感じるのであろうか。

実はこのバスクの人たちは、スペイン人ではなく、フランス人でもなく、エデンのあの二人の直系の後裔であると信じているのである。事実、彼ら固有の言葉は欧州の他言語とは類縁関係を全く持っていないとされている。彼らはしばしば独立運動をすら展開するのであるが、スペイン内戦時には一時バスク自治政府が樹立されたという歴史がひそかに、しかし、誇らかに語りつがれているのである。

これらほまれの高いエデンの戦士たちをかくまっておくにしては、しかし、バスクの山河はやさし過ぎはしないか。

時間をもてあます私どもは、毎日のように籐の籠にあの老婆のバナナやチーズをつめ込んで、ゆるやかに山すそを迂回しているいなか道をたどっては、辺鄙な村落をめぐって歩いた。真冬にもかかわらず毎日空いっぱいにあふれるひかりであった。

或る日の午後、小春日和のなだらかな岡のくぼみに横たわっているうちに私どもは不覚にも深く寝入ってしまった。やがて目覚めて驚いたことには、私どものまわりでは沢山の黒い仔牛がおとなしく草を食んでいるのであった。私が起きたことに気がついて、彼らは私どもから少しずつ離れてゆき、ゆっくり岡をのぼり始めた。首につるした鈴がかすかに鳴っていた。思い出のように……。刺草《いらくさ》のくさむらに夕陽が射してきて、風が立ちさわぎ、あたりは私がいつかどこかで確かに眺めたような風景に見えてきた。それは私の前世という場所の情景なのであろうか、或いは私の来世なのか、罪のつぐないがすべて果たされて、長くながく安息できる土地なのであろうか。バスクのおだやかな風物につつまれて、癒されて、あの午後私は随分遠くまで旅してしまったようであった。

ロンドンからの送金は期待に反して仲々とどかなかった。そのうちに正月が近づきつつあった。困ったことになってしまったのである。後日判明したことであるが、ロンドンの友人は、すこぶる呑気にも私からの依頼を忘れたまま正月の休みに入ってしまったのであった。そして新年になってからそのことを思い出し、あわてて手配をとったのであった。その間、私どもはひたすら待ち続けることになる。

そのうち息子が風邪をひき発熱した。摂取する栄養が偏ってきたためであろうか。その頃には私どもは殆どパンと水だけの毎日になってしまっていた。息子の風邪に感染した妻は心細さも手伝ってか食欲が激減し、これも終日臥せてしまった。私はつとめて彼らを叱咤激励するのだが、起きたところで何かを行うめあてがなければ寝ていても同じであるから、その激励はきわめて迫力を欠くものとなった。私はひとりで市場から帰りながら、何か予想外の事態が発生して、私どもはロンドンへ帰れなくなってしまうのではないだろうかと不意に不安に陥ったりした。

大晦日は夕方から雪になった。夜が更けても二人は眠り続けていた。外の人通りは全く途絶え、向いの建物の横手にわずかに見えている夜の海面に雪がさかんに吸いこまれていた。

「もう家に帰れなくてもかまわない……」。

とつぜん妻のとぎれる声がきこえた。譫言なのか、寝言なのか、あの夜、沖の雪がもたらした夢のなかに彼女は不吉な何かを予感したのであろうか……。

それから数年ののち、転勤先の外地で妻は死の病にとりつかれてしまった。やはり真冬であった。夜おそく、病室の窓から私と息子とは外を見ていた。何十年ぶりの吹雪が暗い大河のおもてをはげしく襲っていた。――もう家に帰れなくてもかまわない……。私は空耳にとおい声を聞いていた。その声をもう一度聞く前に、私は彼女に打明けておくべきことがあったのだが……。

幸運にもその年のサン・セバスチャンの元旦は見事に晴れ渡った好日となった。妻も息子もすっかり痩せおとろえながらも、朝早くからにこにこして寝台の上に起き上っていた。

ところが、そのうちに窓の下がにわかにざわめいてきて何ごとかただならぬ気配が伝わってきた。火が出たのだ。ホテルの調理場の壁のなま乾きのペイントに火が燃えうつり、その煙がまたたく間に一階広間にひろがり、それが階段を二階三階へと吹きあがってきているのであった。私どものほかに宿泊客がいればもっと早く騒ぎだしたのであろうが、既に煙は私どもの五階の廊下にもひろがりつつあった。窓から外を見下ろして私は驚愕した。

階下の窓々からは大量の煙がはげしい勢で吹き出しており、更におどろいたことには人々が道路いっぱいに集まって上を見上げ、それぞれ大声で叫び合っているのであった。「支那人《チノ》が、支那人《チノ》が……」彼らは私を見つけて叫びだした。

私は極めて沈着であった。寝台の敷布を手早くはがし、浴場にはしってそれらを水びたしにして妻と息子の頭からかぶせた。私もかぶった。妻ははげしく震えていた。妻と息子を両腕に抱きあげて室外に出た。階段には既にもうもうとした煙が巻きあがっていた。私は二人を抱きかかえるようにして廊下を走り、建物の外壁を伝わる非常梯子のおどり場に出た。道路の人々は素早く私どもを認め、いっせいに指をさし、大声で叫びはじめた。私どもは煙にはげしく咽びながら、がくがくと手足を震わせながらも梯子を一段々々ようやくたどって地上に降りた。

私どもは寝間着《バジャマ》の上に水びたしの敷布をかぶって、はだしのまま震えつづけ、恰もベスレヘムの農奴のような有様であったが、人々は親愛をこめた目つきで私どもを迎えてくれ、道を明けてくれながら口々に早口で何事かを呼びかけてくれるのであった。

ペイントが燃えあがったためおどろくほど大量の煙が出たわりには火事はぼや程度でおさまった。そして、それから数日ののち、ようやく送金がとどいたのであった。

だが、滞在が予定以上に大幅に長びいてしまったため、ホテル代を支払うとあとは僅かな金額しか残らない計算になるのである。ロンドンに帰るためにはフランスで少なくとも二泊することが必要だが、一泊そこそこの金額しか残らないのである。パリの友人に助けてもらおう。とにかくパリまで出よう。パンとガソリン代が続くかぎりなるべくパリの近くまで這い上ってから、そこで次の手段を考えよう。

私は翌日の早朝出発することにして道中二日間の食料を買うために市場に出掛けた。あの老婆は別れぎわに、椅子の下にしまってあった林檎一つとチョコレートとをありあわせの紙に包み、ひとにかくすようにして私に渡した。途中で疲れたときに食べろといった。

アディオス　なつかしいひと。私はいつか必ず帰るであろう。腸詰とチーズの匂いがたれこめるなかに、大きな笑いと叫び声とが朝早くから渦まくなかに……。

翌朝まだ薄暗いうちに私どもは出発した。

私どもの惨憺たる冬休みはこのようにして終ったのであるが、その日いっぱい私どもははしり続け、その夜おそくようやくボルドー近くまで辿りついた。暗い荒い野に強い風が吹きまくる夜、泊り客の気配すら全くない旅籠屋《モーテル》の部屋でパンと水だけの遅い夕食をとった。暖房もなかった。私どもは震えが止まらず、この上なく貧しい食事ではあったが、しかし、あのマドリッドでの夕食のときと同じように、それはおだやかにゆらぐ蠟燭のあかりに見守られていた。

翌日は朝早くからおそれていた雪が降りはじめた。自動車の往来も殆ど途絶えてしまった荒野を私どもははしり続けた。妻は眠ったままになってしまった。後席の息子もねむり込んでしまった。粉雪は間断なく降りつづけ、吹き荒ぶ強風にしばしばハンドルが取られそうになる。昼ごろからは急速に気温が下りはじめた。はしりながらパンと水だけの昼食をとり、残金全部でガソリンを買い、それが尽きるところは果してどこかという状態に至ってしまった。もしこの無人の荒野で立往生することにでもなれば、私どもはほぼ確実に凍死するのではないか。午後おそく燃料計の針は遂に最低にまで落込んだ。

エンジンがいつ止るかとおびえながら、私ははしり続けた。妻と息子はその後もずっと眠りつづけていた。あたりは不思議にも静かになってきていた。私はそのままどこか遠くの見知らぬ場所にはしり去っていってしまうような気分になってきていた。そして、突然われにかえったとき、地平線の果てに、暮れなずむ空とのさかいに、そのほのかなひかりのなかに、大聖堂の尖塔らしき影がかすかに見えはじめてきていたのであった。

(一九九〇・一〇・二二)

Ⅱ

私の週末

つい一月ほど前にも夜明けに妻の夢を見た。それは何処かの外国の公園のような広々とした草地に並木がひろがり、私は木の下に立っていた。私の隣に妻が立っている。死んだのではなかったのだな、死にさえしなければ病気だって何だって構やしない。私は狂喜する。だが妻は弱々しくて、私が支えていないと倒れてしまう。しかも夕立にでも降られたように全身が濡れている。早く拭いてやらなければと私は妻を支えながらハンカチを探すのだが、地面が妙に傾斜していて、二人はよろよろと倒れそうになってしまうというところで目が覚めた。矢張り死んでしまっていたんだなとわれにかえるのだった。

妻が発病したのは七七年の春さきのことであった。米国駐在が間もなく七年目にさしかかろうとしている頃であった。当初それは直腸癌と診断された。私は驚愕したが、医師の話を聞いたり医学書を読んだりするうちに、癌の中でも直腸癌は比較的危険度の低い癌だと言うことが判って来た。手術をして、しかるべき処置さえ施せば、健康人とほぼ同様の生活を送っている人が非常に多いことを知るに及んで私は次第に安心していった。私は妻にも此のことを話して聞かせ妻も平静だった。直腸癌の権威者という医師に紹介を得て妻はマンハッタンの病院に入院し手術を受けた。

二月中旬のことだったが、その年のニューヨークは異常に寒く雪が仲々融けずに道路をうずめていた。病室の窓からそんな道路や、その向うの木立越しの灰色のハドソン河の流れや、その彼方の荒涼としたニュージャージーの崖などを、不安な気持で眺めながら私は手術室から出てくる妻を待っていた。二時間位の予定が四時間を越し夜に入ってしまった。私の不安は増した。高校生だった息子も次第に落着かなくなり顔色が蒼ざめてゆくのを見てあわれでならなかった。大丈夫だよ、安心しろよと坊主に言いながら、私自身も座っていられなくなり、病室と喫煙室との間を何回も往復した。

ようやく医師が手術室から出て来たが、意外にも直腸癌ではなかったと言うのだ。開腹手術をしたが癌ではない、病源が判らないがともかく必要と思われる処置は施したから、此のまま暫く様子を見てみようと言う。ああ良かった、癌ではなかった、全く良かったと私は心の底から安堵した。

後日東京に帰って来てから判ったことなのだが、妻は胃癌であった。それが転移して直腸をおかしていたのだが、東京の医師の説明によれば、その癌は極めて珍しいタイプの癌であり発見が非常に困難であるとのこと。また、欧米人には殆ど発生が見られないタイプの癌とのことであった。ニューヨークの病院で、病因不明と診断されても仕方がなかったと諦めざるを得ないのだろう。

妻は二週間ほど入院していたが、日ごとに体力を恢復しやがて退院した。私はもう治ったのも同じだと思っていた。

その春は素晴らしかった。冬が厳しかっただけに青葉若葉のうつくしさが目に沁み、芝生が萌える匂いが快かった。家にも笑いが還って来た。三月、四月と妻は次第に元気をとり戻し、晴れた日には散歩にも出掛けられるようになって来た。

「僕にはもう幸福などという感情は無くなってしまったと諦めていたのだが、意外にも戻ってきてくれた今日の此の幸福を充分にかみしめよう」というようなことを当時日記に書いたのを、今あらためて思い出す。

ところで、当時会社の仕事の方は実は極限に近い状態になっていた。穀物の取引の関係で大きな Arbitration の真最中であったし、更にわるいことには業務上の事故が発生して、私は査問されていた。目の前が真暗な感じだった。

その年、私は明らかに凶運に見舞われていたのだろうが、私はむしろ充実感にあふれていた。妻が癌ではなかった、癌でさえなければ、ガンでさえなければやがて病源も判るだろう、大事にしてやれば長生きしてくれるだろう。目の前が真暗な中で、此の祈りが私のすべてを支えた。

その後四月、五月と妻は引続き快方に向い、やがて週末には映画に連れて行ってやることが出来るまでになった。カラヤンがベルリン・フィルを連れてやって来た時には、親子三人で出掛けた。あの晩の妻の幸福そうな顔をいまでも思い出す。そして幾分救われたような気持になるのだ。

任期が終って六月の中旬に、私達は帰国した。次の任地は大阪だったが、関西育ちの妻はそのことを非常に楽しみにしていた。今度帰ったら奈良に行こう、京都に行こう、そのほかあれもやろう、これもしようというようなことを、私達は飽きもせずに話し合っては帰郷を待ちわびた。だが、妻の病状は帰国が近づくにつれて次第に悪化していった。食欲がなくなり、妻は日一日と衰弱して行った。その年の五月、六月はニューヨークは異常に暑い日に見舞われたので、私は妻の病状を暑さのせいと、引越しの疲れのせいだと考えようとしていたが、実際は癌の転移が速度を速めていたのだろう。

帰国の途中サンフランシスコとホノルルに立寄ったが、妻はホテルのベッドに横になったまま起き上れないような有様だった。

ようやく東京に着いたが、妻はそのまま寝込んでしまった。

七月のはじめ、妻を入院させ、私と坊主とが関西に移った。坊主は大学に進んでいたが妻がこんな状態だったので、一年間休学手続をとって帰国していた。

毎週週末になると私は東京に出て来て病室に泊り込み、日曜の夜に関西に帰った。

当時、妻も私も癌ではないと信じていたので、やがては病源も判り、治療が行われさえすれば遅かれ早かれ退院出来ると思い込んでいた。退院したら、今度こそ大切にしてやると私は妻に言い続けた。今までと同じでいいと妻は弱々しく笑いながら言っていた。

このような状態は、しかし長くは続かなかった。七月も終ろうとするころ、例によって週末上京した時、妻の胃から癌細胞が発見されたこと、既に転移がひろまっているのと、衰弱がはげしいために外科的治療はもはや不可能と言うことを医師から聞かされた。あと一ヵ月位と覚悟して下さいと言われた。

大地がゆらぎ、目の前は真白になった。真夏の白昼の海浜で、あまりの明るさに遠近の感覚を失った時のように、私の目の前は、かげろうが立ったように、すべての物象がゆれ動き、その日は終日そういう状態だった。

その病室の窓からは東京の下町が一望出来た。私にとっても久方振りの東京なのだが、窓外の風景は何の感興も呼び起こさない。

夜になると高いビルのあちこちに赤い標識灯が点滅した。その夜も赤い灯がしきりに点滅していた。妻は静かに眠っていた。あと一ヵ月で永訣しなければならないとは、私には到底信じられないことであった。

妻はそれでも三ヵ月生きのびた。十月下旬の夕食時、窓外の標識灯が遠く近く点滅するころ、妻は何も言わず、おとなしく、静かにこの世を去っていった。「また会おう、また会おう」と葬儀の日人前も忘れて私は棺の中に向って大声を出した。

あれからもう三年が経ったことになる。早いものだと思う。坊主は復学のために遠く出掛けて行った。

私一人の生活、厳密に言えば米国から連れて帰って来た犬との一人と一匹との生活にももうすっかり慣れて来た。時として此の生活を顧みて、われながら奇妙な生活だと思うのだが、毎日々々がそれでも平穏無事に過ぎて行く。私は何を待っているのだろうと時々私は思う。私は何かを待っているのだろうか。

いまの此の生活は仮のすがたであって、別の人生がやがてはまた開かれるのだろうか。いや、いや、これが俺の人生、俺はこのまま次第に老い衰えて、やがて静かにおとなしく妻のように死んで行くのだと思ったりもする。

葬儀が終ってから一年半ほど関西で暮らしていたが、週末、よく一人で唐招提寺や薬師寺に行った。ぼんやりと仏様を見ていると妙に安泰な気持になるのだった。或る午後、薬師寺の有名な仏像を半眠半覚の状態で眺めていた。団体客が大勢入って来て、そのうちに皆出て行った。その時、はっとわれにかえって今の団体は何か外国語のような言葉を話していたようだと気付く。外に出てみると、韓国の旅行団の小旗が遠ざかって行ったりしたこともあった。

また或る時はこのようなこともあった。

唐招提寺の廻廊に座って、時々ポケットから小ビンを出して飲んでいた。冬だったが、そのうちに眠気をもよおし、そのまま仰向けになると、あたかも伽藍の大屋根をかすめるように、美しい小さな雲が夕陽を受けて薔薇色に流れている。ああ、天平の雲が流れているぞなどと、口走っているうちに寝入ってしまい、夜になって門番に閉門するから起きろと言われた。

今にして思えばあれらの週末は、私の恢復期に相当していたのだろうか。随分遠いところまで、妻のたましいに同行して、私もまた随分遠いところまで行ってしまっていたと今にして私は気が付くのだ。

その後暫くしてから、ときどき神戸に出掛けるようになった。実は私は神戸がおそろしかった。新婚の一時期、妻と一緒にしばしば当時の元町などを散歩したからだ。或る週末、勇をふるって三の宮まで出掛け、そこからぶらぶらと港の方に降りて行ってオリエンタルホテルに入った。週末のあのあたりは気持が良い。ひっそりと人通りの絶えた広い道、外国語の標示、時々見えかくれする船のマスト、倉庫の屋根々々……。昔、お米の本船積込立会のために渡り歩いた遠い国々の港の午後と同じだ。ホテルに入ってバーに降りて行く。午後早いバーは大体誰もいない。高目のカウンターにもたれて私は注文する。「Dry Martini, Very Very Dry !」

なつかしい味を口にふくんで、私はだいぶん元気になって来たなと気付くのであった。
そんな時でも、しかし、帰りの電車の窓から六甲山が見えたりすると、私の心は再びもどってしまう。可哀相なことをしてしまった。此の山のふもとで生れ、此の山を毎日見ながら育った妻に一目でもよいから此の山を見せてやりたかったと。突然何の予告もなく涙がふき出して来たりした。

去年の六月、東京に戻って来た。米国から帰ってちょうど三年目、ということは米国へ向って東京を出てから十年が過ぎたことになる。

あゝおまへはなにをして来たのだと……
吹き来る風が私に云ふ

「帰郷」と題する中原中也の詩の一節が朝も夜も私の胸にわだかまっていた。
それでも十年振りの東京はさすがにうれしい。

以前に妻と住んでいた土地の近くに偶然にも住居が見付かった。私はいま犬と一緒にそこに住んでいる。

休日の朝私は早く起きる。六時ごろ起きてしまうのだ。窓を全部明け放して海軍体操などをやるのだ。それから犬を連れて散歩に出掛ける。Aコース、Bコース、Cコースと三つの道順を決めてある。Aコースは右の方へ、Bコースは反対の方角へ、どちらも一時間ほど歩く。Cコースは駅の方へ十五分程歩くのだが、これはウィークデーの朝のコースだ。

Aコースの途中では、小さい姉妹が三輪車で遊んでいるのによく出会う。〝こんにちわ〟、〝こんにちわ〟。二人は随分遠くまで犬を見ながら追いかけてくる。Bコースには老婦人が犬を抱いて、よく門の前に立っている。

長々と、ながながとその犬のことを話し出すのだ。〝おばあさん、さようなら、また来週まで〟。私の週末はこうして終る。こともなく終るのだ。

私は何かを待っているのだろうか。此の生活は仮の暮らしなのだろうか。歩きながら私はずっと考える。Complete Freedom が私にある。だが、私には何も出来ないのだ。なぜなのか。私は何かを待っているのか。Aコースに桜が咲き、散り果て、やがて蛍が飛び、まもなくもう秋が来る。こうして週末が同じパターンで過ぎて行く。そして私は次第に判りかけてくる。私のあの結婚生活は明らかにもう終ったのだと。いくら待ってももはや帰って来ないことが、次第に判ってくるのだ。

一九四四年　春

戦争が終る前年の四月から七月までの短い春の日々のことが、年とともになぜか非常になつかしい。その四月、私は第二早高に入学した。一学年たしか十二組編成六百十人ほどの人数だった。

戦争末期の当時文科系の学生には既に徴兵猶予の特典はなく、従って私たちは間もなく兵隊にとられるであろうことは判り切っていた。大隈講堂での入学式も寥々たるものであった。先生方の長いガウン姿は美々しく、また校歌伴奏のラッパは高鳴っていたが、いかんせん新入生は大演壇の前に小さく集まっている黒い一群に過ぎなかった。

亡友出英利《いでひでとし》に数年振りに再会したのは入学式も終って最初の授業を教室で待っている時であった。出は当時の学生の必読書『哲学以前』の著者出隆博士の次男なのだが、実は出英利と私とは小学生の頃の遊び仲間であった。私たちは小石川の小日向台町というところに住んでいたが、当時はあのあたりの野原でも桐の花が咲くと熊蜂が集まって来たし、夏の夕方には鬼やんまと称する大きな蜻蛉がゆっくりと低空を飛行し、夜の空には毎晩こうもりが来た。

出はやせていて背が高く、髪の毛が赤茶けて何となく「あいの子」のような子供であった。英利というその名は父君が英吉利《イギリス》留学中の命名だと威張っていたのを今おもい出す。私は小学校を卒業する直前に移転してしまったので、やがて出のこともすっかり忘れていた。久し振りの出は全く大人びて別人のようだったが、それでもそれから夏休みまでのごく短い間の出との交遊が、私にとって、もしも学生時代とか青春とかいうふくよかな匂うようなときがあったとしたら、あれらがそれのすべてであったといい切っても構わない。パリに行きたいナという憧憬がもっぱら私たちの絆であった。クラス主任の佐藤輝夫先生が或る授業の時「わたしがパリで暮らしていた若いころ……」と話し出されたのを聞いた時、私たちは殆ど悶絶してしまった。当時私たちにとってパリとはわれらが街でありながら、しかしそれは月よりも遠いとおい彼方にあったからだ。四月、五月、校舎の前に建っていた新渡戸稲造博士の胸像のまわりのリラが毎朝白く咲いていたようだった。来る日もくる日も晴天が続いていたような気さえするのだ。

六月、私たち一年生全員群馬県の農家に分宿して一週間ほど小麦収穫の勤労奉仕に行かされた。出と岡本栄一郎（NHK）と若林彰（演出家）と私とが同宿した。私たちは或る程度熱心に働くふりをしながら麦畑の中で「パリ祭」などの歌を大声でうたっていた。或る時、農作業の休み時間に麦畑の中を流れる小川に出と二人でまる裸で飛び込んだことがある。偶然にも通りかかった同級の矢代静一（劇作家）が撮ってくれたその時の写真を今でも私はどこかに持っているはずだ。

群馬から帰ってしばらくして夏休みに入る直前だったのだろうか、教室で山内義雄先生がボオドレエルの「異邦人《レトランジェ》」の授業中に「今朝大陸にいる昔の教え子から軍事郵便を受取ったが、ザンゴウの中から空を流れている雲を見ているとあの頃教室で先生から教わったあの詩を思い出しますと書いてあった」というような話をなさった。私たちはどうしようもない気持であった。

二学期からの追憶は急に暗くなる。私は軍隊に行った。二年ほどおくれて復学した時には校舎は全く荒廃しリラの花々は既になくあの流れていた雲は霧散し果て、出もまた退学していた。しかも出は数年後には交通事故で死んでしまうのだ。

こうしてこのようななま暖かい早春の土曜日の夜半、よもすがら出の思い出などにひたっているとそこには一九四四年第一学期の早稲田の空がひろがってくるのだが、私はその時、突然、私もまた早くも老年期にさしかかって来たことが実に明確にわかってくるのだった。

海コーコート鳴レル夜ハ

いいだももさんには僕は長い間会いたいと思っていた。それは、もう四十年もむかし、「海コーコート鳴レル夜ハ」に始まるももさんの詩に出会った時からのことである。その時の大きな感動が長くながく続き、忘れては甦り、そして忘れ、またよみがえりずっと続いた。

その後僕は職業についてから、その生活のほぼ半分を外地で暮らしてきてしまったのだが「海コーコート」はその間も或る夜とつぜん甦り、そして消え、またよみがえって来たりしていた。

そして長い月日が過ぎた。ようやく五年ほど前に初めてももさんに会えた。古く良き友人中村稔が偶然の機会に紹介してくれたのだ。その後も中村たちと一緒に何回かお目に掛かったが、「海コーコート」のことについてはお話しするひまもないままに僕は再び外地の生活に出た。

いま、僕はおぼえているか？　ポートハーコートの非常に暗い一夜のことを。

　ビアフラ戦争の中心地点であったその古い港市は荒廃からまだ立ち直っていない。かつて象牙や、綿花や、ココア豆などを集買するマンチェスターの商人達が、疾走するようにして往来していた白塗りの商館の大通りも、今はおそろしい程に荒れている。僕はその日、或る裏切りによって一つの大きな仕事に失敗してしまい、午後おそくその廃墟の大通りを歩いてホテルに帰った。雨期で

（無題）

いいだもも

海コーコート鳴レル夜ハ
黒イホムラガ燃エテアッタ　カ
目ニモアヤナル空ハタマユラ
トケテ　ナガレテ　ホムラノ幕帳《トバリ》

黒イホムラノ燃ユルガヒマニ
目ニモアヤナル空ノ目玉ガ

あった。むし暑いホテルのバーで椰子酒を飲み始めた。

あやしい物腰の黒姫たちが飲ませてくれと集まって来た。

やがて皆泥酔となり、彼女らが鳥類の深夜の叫びのような声でいっせいに歌い始めた時、ふと明け放たれた窓の向うに目をやると、海の方までくろぐろと続いている夜の椰子林のはるか遠方、油田地帯の暗い空に排ガスを燃やす焔の束が、中空にあかあかと燃えているのがとつぜん見えた。

僕にとっては当然のことながら「海コーコート」の旋律が甦って来て、そしてももさん達の顔が涙ぐましく思い出された。

ノゾキ　マタタキ　シバタイタ
黒イホムラノ燃ユルガママニ
トケタ目玉ハ冷タクアッタ　カ
青クナガレテ　タマユラ　キエタ
硬玉　マ澄ミテ　キエテタマユラ
巨人ガコブシヌグエルヨウニ
涙ト見エズ　海コーコート
幕張一面　シブイテタ

後記

本書の著者佐野英二郎はさる七月五日喘息の発作のため急逝した。一九四四年（昭和一九年）たがいが十七歳のときに知りあって以来、ことに最近の十余年の間、佐野は私にとってもっとも大事な友人のひとりであった。

はじめて彼に会ったころ彼は早稲田大学付属第二高等学院、いわゆる第二早高の学生であった。その後海軍にはいって人間魚雷「震洋」に乗りくむべく訓練をうけ、川棚突撃隊に配置されたが、出撃の日は訪れることなく、終戦を迎えた。終戦後、早稲田大学に復学し、一九五二年（昭和二七年）に同大学商学部を卒業、商社に入社した。そして商社員として三十七年間を過したが、そのほぼ半ばにあたる年月を海外各地で勤務した。一九八七年（昭和六二年）初め胃癌を発見されて手術をうけ、一九八九年（平成元年）商社を退職し、結婚当時住んでいた西宮に転居し、翌一九九〇年（平成二年）肺気腫をわずらい、一九九一年には西宮から鎌倉に転居した。このころから喘息の発作に苦しむようになった。今年春、全快の目安とした術後五年の無事を祝ってまもなく、結局喘息の発作が彼に死をもたらしたのであった。

詩人の高橋順子さんが編集・刊行している雑誌「とい」に発表された「わがセバスチャン」を目にしたとき、私はずいぶん吃驚した。佐野が文学を愛し、文学に造詣がふかいことは知っていたが、彼自身がこういう文章を書くとは私には思いがけないことであった。続いて「西アフリカの春」を読んで私は感動し、こうした作品を十篇ほど書いて本にするようにすすめた。佐野もそのつもりであった。胃癌の手術後、転移・再発を惧れながら、彼は死を思い、生を思い、同じく胃癌のため一九七七年（昭和五二年）に先立った妻蕗子さんを偲び、商社員としての生活の間各地でめぐりあった人々や風光を回想し、湧きあがってくる感慨を書きとめておきたいと考えていたらしい。しかし「とい」に発表した文章は四篇で終り、書き続けられなかった。鎌倉への転居にともなう雑事のため多忙であったこと、肺気腫、喘息のため体力が衰えていたこと等がその理由だったろうと思われる。

彼の死後すぐ、私はこれらの文章を本にしたいと思った。しかし、「とい」に発表した四篇だけでは本にするには分量が少なすぎる。彼の子息克衛さんから他に発表した遺稿も若干あることを教えられ、それらを通読し、「セバスチャンの死んだ夜」を加えることにした。それでもなお不足するので、これら手術後の文章を第一部とし、それ以前の文章三篇を第二部として加えることにし、どうやら一冊の本とするに足る分量になった。

こうして本書は成り立ったものである。本書の刊行は亡友の文章をぜひ未知の読者にも読んで頂きたいという私の切実な願いに出たものである。私の願いを聞き入れて本書の出版をひきうけてくれた青土社の清水康雄さん、刊行の実務を担当してくれた西館一郎さんに私は心から感謝している。

装幀は佐野の海軍時代の同僚であり、その作品を彼がこよなく愛していた画家白根光夫さんにお願いした。白根さんにもあつくお礼を申し上げたい。

一九九二年九月

中村　稔

後　記（新装版のために）

本書が新装版により、ふたたび未知の読者のために提供されることは、一九九二年七月五日に他界した著者の友人の一人として心からうれしいのだが、同時に、本書の興趣は一読してくださる読者を決して失望させるものではありえないと信じている。

本書は、ある意味において、犬好きの読者にはきっと座右の書となるにちがいない著述である。本書の重要な一部は、著者の愛犬セバスチャンに関する物語である。誕生日がヨハン・セバスチャン・バッハと同日であったことからセバスチャンと名づけられた、この愛犬は、血統書つきのダックスフント純血種の黒短足の牡犬である。商社員としてアメリカに駐在していた著者は、ヴァージニア州で誕生して四ヵ月のセバスチャンを引きとり、はなみずきが満開の庭をもつニュージャージー州の著者の住居で筆者、その妻と子息の三人の愛情を一身にうけて育てられる。やがて老齢化したセバスチャンは、視力、聴力を失い、食欲も衰え、「月夜の夜更け」、「さっぱりと二声、三声別れの挨拶をしたあと」、筆者の「胸の中にしっかりと横たわり、猟犬のそのあたたかい体温と追憶とを残して去っていった」と著者は記している。「あれほど愛らしい生き物を、私はまだあまり見たことがない」と筆者が書いている幼い時期から成犬となって飼い主の感情の起伏を察知して行動するセバスチャンの挙止動作、愛情の変化を、筆者はじつにこまやかに観察し、静かな筆致で書きとめている。その間、筆者は妻に先立たれる。

「実は、妻が癌にとりつかれていたのだ。そして、その年の秋が深まってから、或る夕暮れどきに、彼女は静かにこの世を去っていった。」

と筆者は、その悲しみを淡々と語っているのだが、その抑制した筆致がかえって読者の心に迫るのである。さらに筆者自身が癌に冒され、手術をうけることとなる。セバスチャンの物語は筆者自身とその家族の物語でもある。筆者のセバスチャンに対する愛情が筆者の身の上の変化と絡められて語られるので、筆者の痛切な思いが読者の心をとらえるのだといってよい。

愛犬セバスチャンの物語という側面を別として、本書は人間愛の物語だと考える。駆け出しの商社員として穀物の買付にイラクのバスラーに出張を命じられた筆者は、穀物相場の変動のため予定したようにはかばかしく買付ができないので、バスラーに長期滞在することとなる。ここで筆者は食事のマナーを教えてくれたスウェーデン人の船舶技師をはじめ、現地在住の床屋、洋服屋など、いつも乳と蜂蜜とがあふれていた故郷を追われた人々と知り合い、こうした人々と友情で結ばれることとなる。ことに末尾、修理を終えたアメリカ空軍機が離陸にさいして示す友情が印象にふかい。ここには人種、国籍、肌の色などを越えた人間愛、人類愛が語られているといってもよい。

同じことがまた、西アフリカ、ナイジェリアの首都ラゴスにおける体験についてもいえるだろう。筆者の現地の人々との交情の温かさ、こまやかさが心をうつのだが、これも人間愛、人類愛にもとづくものである。

本書が通常の日本人の海外旅行記と違うのは、滞在期間が相当長いこともあって、表面的でなく、それぞれの土地に住む人々との心の深みに立ち入って友情をかわしていることにあり、また、特定の一国、一地域だけでなく、じつに多様な地域とその人々をとりあげていることにある、といえるだろう。そういう意味で、私は本書をわが国の文学作品として稀有の作品と考えている。

　ところで、筆者佐野英二郎は一九二六年生まれ、関口台町小学校に学び、同級に出英利がいた。中学は違ったが、一九四四年四月、早稲田大学附属第二高等学院、いわゆる第二早高に入学して、出と再会した。出は私と東京都立五中で五年間同級の親友であった。第二早高に入学した出の周辺に自ら新しい友人たちができ、私はそれらの人々とも知り合うことになった。私が佐野英二郎と初めて合ったのは一九四四年の五、六月ごろと思われるが、記憶はさだかではない。佐野は間もなく海軍予備学生を志願、第二早高を休校、人間魚雷「震洋」に乗りこむため訓練をうけたという。当時すでに戦局は敗色濃かった。ことに「震洋」で出撃することとなれば自死を免れない。この時期、そういう道を選んだのは佐野の一途一徹、純粋さによるだろう。幸い、終戦となり、佐野は徒死することなく復員し、早稲田大学に復学、卒業後は商社に就職した。

　私が佐野と再会したのは一九八一（昭和五六）年一月、出英利の没後三十年を記念して出を偲ぶ会が催されたときであった。出は一九五一年一月八日未明、酔余、終電車がなくなった中央線の線路を歩いて帰宅の途中、貨物列車に轢ねられて死去していた。それ故、一九九二年七月に佐野が他界するまでの間、僅か十一年余の期間しか、私は佐野と交際していない。しかし、交友は濃密だったから、彼はいまだに私にとってもっとも懐かしく、親しく感じる友人の数人の中の一人である。彼は本書中の記述に見られるとおり、胃癌の手術後五年を無事に迎えることを切望していた。ところが、胃癌については転移等が見られなかったにもかかわらず、一九九〇年に肺気腫をわずらい、翌年ころからは喘息に苦しむようになった。この喘息の発作が彼の生命を奪うこととなったわけである。

女流詩人の第一人者と目される高橋順子さんはかつて「とい」という雑誌を編集・刊行していたことがある。佐野が「とい」に発表した「わがセバスチャン」を目にしたとき、私はずいぶん吃驚した。佐野が文学を愛し、文学に造詣が深いことは知っていたが、これほど高度の表現力と透徹した人間性をもっていることに気づいていなかったのである。続いて、「西アフリカの春」を読み、感動した。こうした作品を十篇ほど書いて本にするように勧めたところ、彼も乗り気になっていた。商社員としての生活の約半分を海外各地に駐在したので、各地にそれぞれの人々や風光の思い出があり、また先立たれた妻蕗子さんの胃癌、自身が手術をうけた胃癌の転移、再発の惧れもあり、人間の生と死とについて考えることが多かったようである。

しかし、「とい」に発表した文章は四篇で終り、書き続けられなかった。本にするにはあまりに少ない。そこで、「とい」に発表以前の文章も探索し、若干を加えて、辛うじて本にするに足る分量とすることができた。

その結果、青土社の清水康雄社長の好意によって出版されることになり、実務の労は西館一郎さんがとってくださったので、一九九二年に初版が刊行された。思いがけず須賀敦子さんが好意的書評を執筆してくださったことをはじめ、評判が良かったため、二〇〇四年に新版を刊行、今回さらに新装、刊行の運びとなったものである。私としてはできるだけ多くの読者に本書を手にとっていただきたいと切望している。

中村　稔

二〇一九年一月一〇日

初出一覧

I

わがセバスチャン　「とい」三巻一号一九八九年二月刊
西アフリカの春　「とい」三巻二号一九八九年八月刊
セバスチャンが死んだ夜　「輸入食糧協議会報」一九九〇年一月号
バスラーの白い空から　「とい」四巻一号一九九〇年五月刊
サン・セバスチャンに雪のふる夜半　「とい」五巻一号一九九一年三月刊

II

私の週末　「輸入食糧協議会報」一九八〇年九月号
一九四四年　春　「早稲田学報」一九八二年二月号
海コーコート鳴レル夜ハ　『いいだもも六十年の跫音』一九八六年四月刊

バスラーの白い空から（新装版）

二〇一九年三月十五日　第一刷印刷
二〇一九年三月二十日　第一刷発行

著　者――佐野英二郎

発行人――清水一人
発行所――青土社
東京都千代田区神田神保町一―二九　市瀬ビル　〒一〇一―〇〇五一
電話　〇三―三二九一―九八三一（編集）、〇三―三二九四―七八二九（営業）
振替　〇〇一九〇―七―一九二九五五

印刷・製本――ディグ

装幀――郷坪浩子

ISBN978-4-7917-7147-9　Printed in Japan